AF449929

Melina S. Bautista J.

Hércules

SÉLECTOR

ACTUALIDAD EDITORIAL

Hércules
© Melina S. Bautista J.

© Rocío Fabiola Tinoco Espinosa, ilustraciones de interiores y portada

SÉLECTOR
ACTUALIDAD EDITORIAL

D.R. © Selector S.A. de C.V. 2016
Doctor Erazo 120, Col. Doctores,
C.P. 06720, México D.F.

ISBN: 978-607-453-375-0
Primera edición: marzo 2016

Impreso en México
Printed in Mexico

Índice

Prólogo

Las historias sobre dioses y héroes de la mitología clásica griega y romana siempre han causado sensación.

Estos personajes son conocidos tanto por su nombre griego como por el romano, tal es el caso del héroe que abordaremos en esta obra: Heracles (llamado así por los griegos) o Hércules, nombre dado por los romanos y con el que estamos más familiarizados, por lo que será el que utilicemos en esta narración.

Hércules fue hijo del dios Júpiter, Padre de los Dioses, y Alcmena, una princesa mortal (común y corriente) originaria de la ciudad de Tebas.

Este personaje, al ser hijo de un dios y al tomar leche del pecho de la diosa Juno, se convirtió en semidios; además de ser un héroe que destacó por su gran fuerza, como lo demuestran las interesantes y peligrosas aventuras que vivió.

El nacimiento de Hércules

Hace muchísimo tiempo el hogar de los dioses estaba en el Olimpo, ubicado en la cima del monte más alto de Grecia. Al estar rodeado por nubes, este lugar permitía que los dioses observaran todo lo que abajo ocurría sin que ellos fueran vistos. Los dioses no tenían ningún impedimento para bajar y convivir con los mortales en la Tierra, pero los mortales por ningún motivo tenían derecho a subir al Olimpo, les estaba estrictamente prohibido.

En alguna época Urano fue el dios soberano del Universo; después lo destronó su hijo Crono por ser más fuerte, y a éste su hijo Júpiter, por ser más poderoso aún.

Júpiter se casó con la diosa Juno, quien siempre tuvo que soportar que su esposo se

enamorara de otras diosas o mujeres. Precisamente producto de una relación así fue que nació Hércules.

En la ciudad de Tebas vivía la hermosa princesa Alcmena, quien se había casado con el rey Anfitrión. Éste tuvo que salir de su tierra a enfrentarse en una batalla y Júpiter aprovechó la ocasión para presentarse ante Alcmena.

Júpiter, como dios que era, se enteró primero que nadie del triunfo de Anfitrión en la batalla y, haciéndose pasar por éste, llegó una noche antes con Alcmena, quien no se dio cuenta del engaño puesto que Júpiter adoptó la forma de su esposo. Además, el dios hizo que la noche durara el equivalente a tres noches seguidas durante las cuales relató a la princesa lo sucedido en batalla, como si realmente hubiera estado ahí; este tiempo fue suficiente para concebir un hijo.

Tras esto Júpiter se retiró sin revelar su verdadera personalidad a Alcmena. Entonces llegó el verdadero Anfitrión y al comenzar a

relatarle lo acontecido en batalla a su esposa, ésta comentó:

—Ayer en la noche me has relatado todo –y agregó—. ¡Anda, ahora descansa!

Anfitrión se quedó sumamente sorprendido por las palabras de su mujer y, al saber que ella esperaba un hijo, llegó a la conclusión de nadie más que el Padre de los Dioses, o sea Júpiter, había estado con ella durante su ausencia.

—Es un gran honor que el dios Júpiter se haya enamorado de mi esposa –pensó Anfitrión, quien se sentía halagado por tal razón.

Pasó el tiempo y nació el hijo de Alcmena y Júpiter. Anfitrión lo crió como si él fuera su verdadero padre, mientras que Júpiter siguió al lado de la diosa Juno, la diosa del Matrimonio, quien siempre sintió odio hacia Hércules por ser el hijo que su esposo tuvo con otra mujer.

—¡De alguna manera me tengo que vengar por la traición de Júpiter! —dijo sumamente enojada Juno.

La Diosa estuvo fraguando un plan que consideraba perfecto:

—¡Ya sé lo que haré! —gritó emocionada—. Enviaré dos serpientes para que ataquen a ese bebé.

Una noche, mientras Hércules dormía plácidamente en su cuna, se acercaron sigilosamente dos serpientes venenosas. En cuanto el bebé las tuvo a su alcance tomó una en cada mano y las apretó tanto que las mató.

—¡Cómo es posible que tenga tanta fuerza un bebé! —exclamó furiosa Juno—. ¡Ahora detesto aún más a ese pequeño! ¡Ya me las pagará!

Alcmena estaba muy preocupada porque sabía del odio que Juno sentía hacia su pequeño Hércules; por lo tanto, decidió hacer algo que le dolía en el corazón pero sabía que era la única manera de protegerlo de la Diosa enfurecida.

—¡Hijito mío, te dejaré en el bosque! —y sollozando agregó—: Estoy segura de que una

buena mujer se conmoverá al verte abandonado y te cuidará. Perdóname, esto lo hago por tu bien.

La mujer dejó al bebé sobre las hierbas y se alejó sumida en una profunda tristeza.

Al poco tiempo pasó cerca de ahí la diosa Juno acompañada de Minerva, la diosa de la Sabiduría; ésta sintió ternura hacia el bebé y le pidió a la diosa Juno que lo amamantara para calmarle el hambre.

Juno accedió y, al desconocer que ese bebé era el hijo de su esposo, automáticamente lo volvió divino, don del cual sólo los dioses gozan.

Luego de alimentar al pequeño, Juno se lo dio a Minerva y ésta se lo entregó a Alcmena para que lo criara. Lo curioso es que las diosas en ningún momento supieron que ese bebé era Hércules.

El castigo

Pasó el tiempo y el odio de Juno hacia Hércules, en vez de disminuir, aumentaba. Así que, cuando aquél se convirtió en un joven, la diosa Juno hizo todo lo posible para hacerle la vida imposible, como se cuenta a continuación.

Cuando Hércules tenía alrededor de 18 años decidió liberar a la gente de Tebas, su ciudad, del pago del tributo que les obligaba a dar el rey Ergino de Orcómeno. Éste había ocasionado mucha guerra y muerte entre los tebanos y como condición para dejarlos vivir en paz les había impuesto el pago anual de 100 vacas durante 20 años.

Los tebanos se vieron obligados a pagar con tal de no sufrir más ataques. Sin embargo un día Hércules, cansado de esta situación, preparó al ejército tebano y se colocó al frente; el

resultado fue su triunfo ante los soldados de Orcómeno y, por supuesto, fueron liberados de pagar el tributo.

Creonte, el rey de los tebanos, como agradecimiento y distinción, le ofreció a Hércules como esposa a la hermosa Mégara, su hija mayor.

La pareja tuvo tres hijos y eran una familia feliz. Sin embargo, Juno no podía permitir tanta felicidad en la vida de Hércules y provocó en él un ataque de locura que lo hizo asesinar a su esposa e hijos.

Cuando Hércules recobró la razón, lo invadió una tristeza infinita y se dirigió hacia un lugar llamado Delfos; ahí la Pitia, una adivina, le informó que debía presentarse ante el rey Euristeo, rey de Tirinto y Micenas, y ponerse a sus órdenes para cumplir con su castigo por lo que había cometido.

Euristeo le ordenó a Hércules realizar diez trabajos, uno a la vez, que en realidad serían asignados por la diosa Juno. Con esto ella espe-

raba no sólo que Hércules no pudiera cumplirlos sino que incluso perdiera la vida en el intento. Sin embargo, de lograr todo lo que se le ordenaba, este hombre finalmente lograría la inmortalidad.

El león de Nemea

En primer lugar, Euristeo le pidió a Hércules que le llevara la piel del león que tantos estragos causaba en los alrededores entre los rebaños de vacas. Hércules se dirigió a Nemea, lugar donde solía esconderse la fiera. Durante cincuenta días buscó al león hasta que lo encontró y comenzó a atacarlo con sus flechas; sin embargo, este animal era invulnerable a cualquier tipo de arma, es decir, nada podía herirlo. Hércules, desesperado por fallar en el primer intento, decidió atraparlo por sorpresa. Se escondió detrás de unos arbustos y, al ver pasar al león, se abalanzó sobre él. El animal, enfurecido, trató de morder a su atacante pero Hércules hizo uso de su gran fuerza y lo ahorcó; después intentó arrancarle la piel con un cuchillo pero resultó imposible penetrarlo hasta que se dio cuenta de que la única manera

de quitarle la piel y las fauces era utilizando las garras del mismo animal. Una vez logrado su cometido, se dirigió a entregarle a Euristeo lo que le había pedido.

—¡Cómo es posible que hayas logrado vencer a este animal! —dijo sorprendido el Rey.

—Sólo obedecí sus órdenes, señor —respondió Hércules.

—Bien, quédate con lo que me has traído, no me interesa que me lo dejes. Ya te haré llegar la orden para el siguiente trabajo.

Hércules se retiró y desde ese día la piel del león de Nemea formó parte de su vestimenta y las fauces su casco; sin duda una armadura más que resistente, pues recuerda que ningún arma podía atravesar aquella piel.

A partir de ese momento, Euristeo sintió terror ante la presencia de aquel hombre tan fuerte y decidió mandarle decir, por medio de alguien más, cuáles serían los siguientes trabajos que estaría obligado a realizar.

La Hidra de Lerna

El segundo trabajo que tuvo que realizar Hércules consistió en dar muerte a la Hidra de Lerna, un monstruo de siete cabezas y enorme cola.

Sin embargo, esto no sería sencillo puesto que la Hidra tenía la virtud de que si le cortaban una cabeza le salían dos.

Hércules descubrió el escondrijo del monstruo y lo enfrentó con sus flechas. Con gran habilidad logró matar cada una de las cabezas de la Hidra; mas, cuando creyó que la había vencido observó con sorpresa cómo de cada cabeza surgían dos y el animal se volvía más feroz aún.

De pronto, la cola de la Hidra se enrolló en el cuerpo de Hércules y apareció un cangrejo gigante que había mandado Juno para acabar con ese hombre al que tanto odiaba.

Sin embargo, la Diosa no contaba con que Iolao, el sobrino favorito de Hércules, lo acompañaba.

—¡Iolao, te he enseñado a utilizar las armas! —gritó Hércules mientras trataba de soltarse de la cola de la Hidra—. Es hora de que demuestres lo que has aprendido.

Iolao logró matar el cangrejo al tiempo que su tío volvía a cortar las cabezas del monstruo.

—¡Ahora ven! Necesito que tomes tizones de esa hoguera y quemes el cuello de cada cabeza que yo vaya cortando, de esa manera no podrán volver a salir.

Hércules logró terminar con todas las cabezas. Después abrió por la mitad el cuerpo del animal y éste cayó muerto.

El hombre mojó con la sangre venenosa de la Hidra la punta de sus flechas y eso dio más gloria a Hércules durante sus batallas, ya que todo aquel que sufría una herida con ellas irremediablemente moría.

Nuevamente se presentó ante Euristeo para entregar cuentas.

—Hércules —dijo con severidad—, sólo tendrás que cumplir una tarea más.

La cierva con cuernos de oro

Como tercer trabajo, Hércules tenía que llevar viva a la cierva con cuernos de oro ante el rey Euristeo.

Este animal era codiciado por muchos ya que era un ejemplar único; al ser hembra no debía tener cuernos, pues ésa sólo es característica de los machos. Y más sorprendente aún es que los cuernos fueran de oro.

Hércules se dirigió a Cerinea, donde encontró paseando plácidamente a la cierva. Pero al intentar acercarse ésta se asustó y huyó despavorida. El hombre la persiguió y, luego de muchos intentos fallidos, logró atraparla, aunque no sin herirla.

Cuando se dirigía a Micenas, la ciudad de Euristeo, llevando en brazos a la cierva, Hércules se encontró con Diana, la diosa de la Caza.

—¡Así que, además de herir a este animal que fue me fue consagrado, intentas robármelo! —exclamó furiosa Diana.

—Le pido que me perdone —suplicó Hércules—. Sólo obedezco órdenes del rey Euristeo de Micenas y no era mi intención provocar su ira.

Después de escuchar todo el relato del hombre, que le habló con toda franqueza de sus intenciones, la Diosa le autorizó a llevarse a la cierva no sin antes curarla para que llegara viva.

De esta manera, nuevamente, Hércules cumplió con el trabajo que se le había ordenado.

El jabalí de Erimanto

El cuarto trabajo que se le encargó a Hércules fue capturar vivo al jabalí que tenía su guarida en el monte Erimanto.

Este animal solía ocasionar varios destrozos en los pastizales y por ello muchos querían acabar con él; pero el rey Euristeo anhelaba poseer los dientes del jabalí por ser sumamente codiciados. De hecho, desde tiempo atrás, los griegos anhelaban tenerlos resguardados en el Templo de Apolo, dios de las Artes, de la Belleza y de la Luz. Los romanos llamaron a éste el dios Febo.

Cuando Hércules encontró al jabalí lo persiguió. El animal se metió en una zona boscosa donde la nieve le dificultaba escapar y finalmente Hércules lo atrapó lanzándole un lazo. Por último lo condujo a Micenas, donde se lo entregó al Rey.

Los establos de Augías

Euristeo mandó a Hércules a realizar el quinto trabajo que consistió en limpiar los establos de Augías, rey de Élide. En este lugar había más de tres mil bueyes y durante treinta años nadie había aseado el lugar.

Hércules se presentó ante el rey Augías, pero le ocultó que lo hubiera enviado Euristeo a trabajar ahí.

—Señor, vengo a ofrecerle mis servicios —señalando los establos agregó—: Me comprometo a limpiar en un solo día todo esto a cambio de que usted me dé la décima parte de su ganado.

—Acepto —dijo Augías completamente seguro de que era imposible limpiar tan rápido

un lugar que llevaba muchos años sucio—. Si lo haces tienes mi palabra de que te pagaré lo convenido.

Hércules hizo gala de su gran fuerza. Desvió el curso de los ríos Alfeo y Peneo e hizo correr el agua por unos surcos que antes había hecho en los establos. La fuerza del agua arrastró todo el estiércol acumulado y en menos de un día el lugar quedó perfectamente limpio.

Sin embargo, Augías se enteró de que Hércules había sido enviado ahí por el rey Euristeo, para realizar ese trabajo por el que le quería cobrar y se negó a pagarle.

Cuando el hombre se presentó ante Euristeo, éste le dijo:

—Hércules, por haber querido cobrar por una tarea que te ordené realizar, tendrás que hacer un trabajo más; es decir que en vez de once serán doce en total —sentenció el Rey.

La aves de Arcadia

Como sexto trabajo, Hércules debía acabar con unas terribles aves que se encontraban escondidas en la selva que rodeaba el lago Arcadia.

Se trataba de miles de pájaros que destrozaban todo con sus picos y garras, y era imposible verlos ya que la espesura de los árboles les servía de escondite.

La diosa de la Sabiduría, Minerva, decidió ayudar a Hércules con esta tarea y le entregó unas castañuelas de bronce que, al hacerlas sonar, obligaron a los pájaros a salir de entre la maleza. Tras esto, Hércules los abatió con sus flechas venenosas sin dejar uno solo vivo.

Tras esto se presentó ante Euristeo, para informar que había cumplido con la orden.

El toro de Creta

El séptimo trabajo a realizar fue llevar vivo ante Euristeo al salvaje toro de Creta.

La historia de este animal resulta peculiar. Minos, rey de Creta, había prometido sacrificar en honor del dios de los Mares y Océanos, Neptuno, todo aquello que saliera del mar. Por esta razón Neptuno hizo salir de las aguas un enorme toro blanco, se trataba de un ejemplar imponente y de gran belleza. Cuando Minos lo vio, se quedó admirado por el animal y, en vez de matarlo, lo tomó como parte de su rebaño y sacrificó otro animal en su lugar.

Neptuno se enfureció al ver que Minos se había apropiado de su toro y decidió vengarse haciendo que Pasifae, hija del Sol y esposa de Minos, se enamorara perdidamente del magnífico animal. Incluso, como resultado del amor

entre Pasifae y el toro nació el Minotauro, un monstruo con cuerpo de hombre y cabeza de toro.

—Me ha ordenado Euristeo, rey de Micenas, que le lleve vivo el toro salido del mar, señor —informó Hércules al rey Minos.

—Ese toro forma parte de mis rebaños, pero te autorizo a llevártelo si es que lo puedes atrapar, ya que es salvaje y no te será fácil lograrlo —Minos, sin decírselo a aquel hombre, vio en esto la oportunidad de deshacerse de ese animal que había traído problemas a su familia.

Hércules logró domar al toro y se dirigió a Micenas montado en el lomo del animal.

—He aquí el toro que ha me ha pedido –dijo al rey Euristeo.

—Ahora te ordeno que lo dejes en libertad.

Hércules se lo llevó a un lugar alejado y lo soltó.

La yeguas del rey Diomedes

El rey Euristeo le ordenó a Hércules que como octavo trabajo le llevara las yeguas salvajes de Diomedes, el rey de Tracia.

El rey Diomedes había acostumbrado a sus yeguas a alimentarse con la carne de los huéspedes, lo que las hacía muy peligrosas.

Hércules se dirigió a Tracia para cumplir con lo que se le había ordenado. Sabía que ésta no sería una tarea fácil pues tendría que enfrentar a los bístones, súbditos de Diomedes, quienes defenderían las yeguas en nombre de su rey.

Y así sucedió, Hércules forzó las puertas de los establos y liberó las yeguas, mas cuando se encaminaba hacia Micenas, se enfrentó con el ejército de los bístones, encabezados por Diomedes. Aunque emprendieron una dura batalla,

Hércules dio muerte a varios miembros del ejército del rey de Tracia, incluido él, cuyo cuerpo dio a las yeguas para que se lo comieran.

El resto del ejército decidió retirarse y Hércules logró llevar ante Euristeo a las yeguas, quien las soltó y ellas, al encaminarse hacia el Olimpo, fueron devoradas por las fieras.

El cinturón de la reina Hipólita

Obtener el cinturón de Hipólita, reina de las Amazonas, fue el noveno trabajo encargado a Hércules. Este hermoso cinturón le había sido dado a Hipólita como insignia real por parte de su padre, Marte, dios de la Guerra.

Las Amazonas vivían cerca del río Termodonte y conformaban un pueblo de mujeres solas y aguerridas. Hacia ese lugar se dirigió Hércules para cumplir con su deber, no sin antes pedir a algunos hombres que lo acompañaran en esta travesía que emprendería por agua.

Cuando estuvo cerca de las Amazonas, la reina Hipólita se presentó en la nave de los recién llegados para saber el motivo de la visita.

—Señora, se me ha ordenado quitarle el cinturón que le dio el dios Marte, su padre, para

cumplir con el capricho de la hija del rey Euristeo, Admete, quien siempre ha codiciado tan hermoso y significativo objeto.

—Como me has hablado con la verdad, de buena fe te lo entrego —y procedió a quitarse el preciado cinturón.

Mientras tanto, Juno se presentó ante las Amazonas bajo la forma de una de ellas.

—¡Compañeras! —gritó alterada para provocar el enojo e indignación de las mujeres—. Debemos salvar a nuestra reina, pues ha sido tomada prisionera por los extranjeros que se encuentran en aquel navío.

Sin pérdida de tiempo, las Amazonas se dirigieron a atacar a los hombres y ellos las repelieron.

Hércules pensó que todo había sido parte de una emboscada planeada por la reina Hipólita y la mató.

Días después hacía entrega del cinturón de Hipólita al rey Euristeo.

Los rebaños del rey Gerión

El décimo trabajo que debía cumplir Hércules fue el de llevar a Euristeo las vacas del rey Gerión que vivía en Eritia, una isla ubicada cerca de lo que posteriormente conoceríamos como Cádiz, en España.

El rey Gerión era un ser monstruoso que de la cintura para arriba era uno solo y para abajo estaba conformado por tres cuerpos perfectamente diferenciados.

Sus enormes rebaños de vacas estaban bajo el cuidado del vaquero Euritión y Orto, un enorme perro de dos cabezas.

Hércules se puso en camino para realizar lo que se le había ordenado, convirtiéndose éste en el trabajo que más tiempo le llevó pues recorrió varios lugares de Europa y África.

Durante uno de esos días el Sol provocaba un calor excesivo que motivó el enojo de Hércules, quien ni tardo ni perezoso tomó su arco y apuntó con una de sus flechas hacia el Sol.

—¡Qué atrevimiento, mira que apuntarme a mí! —dijo el Sol sorprendido por la afrenta de Hércules—. Tengo que reconocer tu valentía, por eso te ayudaré.

El Sol le entregó al hombre una vasija de oro para que atravesara el océano y arribara a la isla de Eritia.

Así logró Hércules desembarcar y, tras dar muerte al vaquero Euritión, al perro Orto y al rey Gerión, metió todas las vacas en la vasija de oro y se dirigió hacia el lugar donde el Sol le había prestado tan preciada embarcación.

Una vez que descendieron él y las vacas, devolvió la vasija al astro y prosiguió su camino por tierra hacia Micenas.

Sin embargo, la travesía estaría plagada de obstáculos.

En primer lugar, se topó con dos hijos de Neptuno, quienes intentaron robarle el ganado. Hércules los mató y continuó su camino.

Después se encontró con Caco —hijo del dios del fuego y los volcanes, Vulcano—, quien al ver las vacas tomó algunas por el rabo y, obligándolas a caminar hacia atrás, las condujo a la cueva donde vivía.

Hércules, al darse cuenta del robo, buscó el lugar donde Caco tenía escondidas las vacas. Al descubrir que se trataba de una cueva golpeó tan fuerte los peñascos hasta derrumbar el techo, con ello dio muerte al malhechor y recuperó los animales.

Prosiguió Hércules con su regreso. Al pasar por Italia, uno de los toros que conducía se echó a correr y no se detuvo sino hasta cruzar el mar y llegar a la isla de Sicilia. Ahí Érix, uno de los hijos de Neptuno, llevó al toro con el resto de su rebaño.

Hércules dejó encargado al resto de los animales y se dirigió a recuperar el que le faltaba.

Cuando estuvo frente a Érix, éste se negó a entregarle el toro y se enfrascaron en una batalla de la que salió vencedor Hércules, tras dar muerte a su contrincante.

Ya con su rebaño completo, Hércules reanudó su camino.

Al estar de vuelta en Grecia y próximo a su destino, la diosa Juno provocó que una plaga de insectos atacara el rebaño, logrando con ello que las vacas se dispersaran.

Aunque Hércules hizo todo lo posible por recuperar a todas, no lo consiguió, pero la mayoría sí fue conducida a Micenas.

—Hago entrega del rebaño del rey Gerión —dijo Hércules.

—Ahora mandaré sacrificar todas estas vacas en honor de la diosa Juno —exclamó Euristeo.

Las manzanas de oro

Como se dijo anteriormente, los trabajos que se le impusieron a Hércules como castigo fueron diez en un principio. Sin embargo, el rey Euristeo, aconsejado por la diosa Juno, consideró que dos de ellos no eran válidos y le fueron asignados dos más que a continuación relataremos.

Euristeo decidió que el onceavo trabajo que impondría a Hércules sería el de enviarlo por las manzanas de oro que Terra, la diosa de la tierra, le regaló a Juno cuando se casó con Júpiter.

Estas manzanas quedaron bajo el cuidado de las Hespérides, las hijas de Atlas, quienes las resguardaban en un hermoso jardín que tenía como guardián un terrible dragón.

Cuando Hércules emprendió el camino para obtener las manzanas, vio a Prometeo encadenado a una roca mientras un águila le devoraba

el hígado, el cual le volvía a crecer. Sin duda estaba padeciendo un castigo que alguno de los dioses le había impuesto.

Hércules disparó una flecha y mató al águila. Después liberó a Prometeo y éste, como agradecimiento, lo aconsejó sobre la manera de conseguir las manzanas de oro sin tener que enfrentar al dragón.

—Las Hespérides no te darán nada a ti, pero sí a su padre —aseveró Prometeo—. Lo que deberás hacer es buscar a Atlas, a quien le ha sido impuesto por el dios Júpiter cargar sobre sus hombros el arco del cielo. Tendrás que convencerlo de que vaya a buscar las manzanas mientras tú sostienes el arco del cielo.

Hércules agradeció a Prometeo el consejo y se dirigió hacia donde se encontraba Atlas. Habló con él y éste aceptó enseguida el trato, pues era una manera de liberarse de aquella carga.

Cuando regresó, llevando consigo las manzanas, dijo a Hércules:

—Será mejor que yo entregue las manzanas de oro al rey Euristeo.

—De acuerdo, Atlas —respondió Hércules—. Sólo ayúdame un momento; sostén el arco del cielo mientras me coloco una almohadilla para soportar con mayor comodidad el peso.

Atlas accedió. Puso las manzanas en el suelo y cargó nuevamente el cielo.

—Te dejo, Atlas —comentó satisfecho Hércules—. Debo llegar a Micenas para entregarle las manzanas a mi Rey —y se alejó satisfecho por lo sucedido.

El can Cerbero

El trabajo número doce fue el último que encargó Euristeo a Hércules.

—¡Quiero que me traigas al can Cerbero que habita en el inframundo!

Este perro era una fiera monstruosa. Tenía tres cabezas, su lomo estaba lleno de serpientes venenosas y su cola era la de un dragón.

Hércules salió en busca de una abertura que le permitiera descender al infierno y la encontró.

Cuando comenzó a bajar las almas huyeron despavoridas, a excepción de la de Medusa, la mujer que en vez de cabello tenía serpientes y que convertía en piedra a quien la miraba.

Hércules empuñó su espada para evitar que lo atacara, pero enseguida se dio cuenta de que ninguno de los dos se podían hacer daño, pues ella ya estaba muerta y sólo estaba luchado contra su alma.

Durante el descenso vio a Teseo, amigo suyo, quien estaba encadenado a las puertas del infierno como castigo por haber bajado. Hércules lo liberó y enseguida se encontró a Plutón, el dios del inframundo.

—El rey Euristeo me encomendó la tarea de llevarle vivo al can del inframundo, Cerbero.

—De acuerdo —respondió sarcásticamente Plutón—. Si eres capaz de domarlo sin utilizar arma alguna permitiré que te lo lleves.

Hércules descubrió dónde se encontraba Cerbero y luchó con él. Lo tomó por detrás y, aunque una de las serpientes del lomo lo mordió, el hombre no lo soltó hasta que el perro se volvió dócil. Junto con Teseo y el perro, Hércules comenzó a subir para salir del inframundo.

Cuando llegó ante Euristeo, le mostró al terrible can Cerbero.

—Te ordeno que lo regreses al inframundo y con esto termina tu castigo, Hércules.

Éste llevó de vuelta al perro al infierno y a partir de entonces fue libre.

El Olimpo

Durante su vida en la Tierra, Hércules realizó muchos actos que le dieron renombre.

Cuando Hércules murió, su padre, Júpiter, se lo llevó al Olimpo. Aunque ahí sólo podían estar los dioses, Hércules se ganó el derecho por ser considerado un semidios, ya que al ser hijo de Júpiter, beber leche de la diosa Juno y lograr las hazañas que le dieron gloria, nuestro héroe se volvió inmortal, por lo que en realidad no murió sino que a partir de entonces viviría entre los dioses.

Hércules se imprimió en marzo de 2016,
en Acabados Editoriales Tauro, S.A. de C.V.
Margarita 84, Col. Los Ángeles,
Del. Iztapalapa, C.P. 09360, México, D.F.